JN129567

神歌《ているる》　水天に舞ふ——続・古今琉球風物歌集

湊禎佳

七月堂

目次

RE
UT!

神歌《ているる》　水天に舞ふ

——続・古今琉球風物歌集

I

時の遠声《とごえ》

ひとり　廃家に

ひかり射す卓布にぽつつり蠅の影　白地にせはしく手足擦り合ふ

わが胸になにをか伝へり声なくも言問ふ茶碗　このてのひらの

亡き母の箪笥の隅の桐子箱に色あせ毳《けば》立つ護り札　ぽつんと

炊事場の棚に祀りし火ぬ神《かん》に廃家のしだいをいかで伝へむ

てのひらに土鈴からころ枯れ色にくぐもるひびきを耳にあて思《も》ふ

立ちこもる漏れ日うつすら金屑にきらめく思ひ　しづもる工場《かうば》に

在りし日の父が手わざのなつかしき　愛具ひそめり歳月の底に

歳月を数えるやうに断捨離を　矩尺《かねじやく》　研ぎ石　金鋏《かなばさみ》　鏝《こて》

ステンレスの肌《はだへ》つやめく亡き父が遺せし茶匙にこころなごやぐ

馬の尾とブリキの手づくりヴァイオリン奏でし父の「美しき天然」

手すさびの父がランプの灯芯にゆらめく火影　家族あの夜の

釣竿と釣り具に偲ばむあの頃を天蚕糸《てぐす》で引き揚ぐ　浮子をしるべに

潮干潟　ぬかるむ泥砂の沙蚕《ゴカイ》獲り　釣りの餌にと父に連れ添ひ

なにかある二階の寝所の暗がりに廃家を惜しむやうな声する

おとうとの畳ベッドにぽつねんと譜面とウクレレ　念ひ残して

五線譜ににぢむ「Tears in Heaven」　爪弾くギターとおとうとの声

おとうとのバンドの十八番《おはこ》クラップトンの歌なほ耳に思ひ切れなく

影をひかりに

こぐらかる記憶の糸を繰るやうにこころふるはせめくるアルバム

アルバムにあの日あの頃をひとつひとつ　時の測深　今へ汲み上ぐ

忘れえぬかのひとびとのとこしへに帰らぬ日々はもこのアルバムに

真影《しんえい》に微笑むひとのなつかしく堪へなき思ひ漏れて吐息に

色褪せし写真一葉によみがへる今その時をとほとしと思《も》ふ

てのひらの写真にしいんと潜みある遠き時間をわが胸懐に

幾星霜遠くはるけき追憶の影きはやかに玻璃に浮き出づ

ふりそそぐ荷電粒子は乾板に　時の点描　浮かぶ真影

乾板に残りしひかりの波痕《なみあと》にきのふを読み解きけふの景色に

ふりつもる時はひかりの澱溜まり　ゼラチン乳剤に思ひ沁む　今

遺棄されし城《ぐすく》にあるじの影はなく写真乾板に廃墟かげろふ

屋根瓦のひびれに往時を偲びやる　草むす石段　歳月《とき》を数えて

よみがへる昔日の柄　紅型《びんがた》の色沁むやうに　モノトーン写真に

鎮座する陶器の肌に歳月《とき》深く陰影ありありなにをか象《かたど》る

わが胸に騒立つひかりよ今し鳴れ　時の遠声《とごえ》をしらべに乗せて

Ⅱ　肉の声　天のしらべと

天川《てぃんがあら》の歌

上天にひかりのふるへ　かそけくも鳴り坐《ま》す　凛と　しらべを今に

かのしらべ鳴れ鳴れ　ひかりの振鈴よ　凝《こご》りし時をまばゆき音に

星間に波うつ闇の襞また襞の淵に積もりし塵よ　光れ

仰ぎ見る天の川《かあら》に呱々の声　雛きらきらと星の雲霞に

冴えかえる天に群れなす万劫の潤《うるひ》さえづる　きら　きらきらと

天辺の果てより鳴く声とめどなく　わが喉仏にもふるへ止むなく

喉仏に吸気ひくつく呼気を吐く肺腑の疼きに咽せて声　生《あ》る

咽頭の洞《うろ》に逆巻く呼気の渦　星の余波《なごり》のひびきを我身《わみ》に

口腔にて練られしひびき　舌筋の舞ひにて肉付く呱々の声　歌

星の雛　唇歯の間《あひ》より翔べぞかし　神歌《ているる》ているると天の言触る

雷声は遠き星への応《いら》へにて　ひかり鳴ります　風と波音《なみと》の

わが耳朶《じだ》にどよめくひかり　この島に潮鳴り渡れ　風吹き騒げ

撫でさする砂礫島《うるま》にやさしき夕潮の波折《なお》り凪ぐ刻《とき》　甘世《あまゆ》よ来ませ

ささら波立つ夕刻に風さやか　永遠《とは》の祈りを礁池の御庭《うなあ》に

あからかに夕陽射し来よわが胸に　神霊の打鼓　この胸に鳴れ

たゆみなく胸の鼓動はとくとくと脈打つ天の知らせを拍に

三弦を爪弾くひとの魂のふるへ　とうんてんていんくていんく

天来の数と律とは空海にとどろく天鼓《てぃんく》　天鼓　又　天鼓

神歌《ているる》　水天に舞ふ

此《く》ぬ宇宙《しけ》に互《たげ》に　照応《こた》へ合ふひびき　言問ふはひかり　闇にふるふ

幾光年はての　星よとこしへに　歌を燦々と　四方に放て

響《とよ》む天律は　心音の拍に　八八八六　わが身ふるふ

八を五と三に　三と五に分かち　五はも三と二へ　呼気を句切る

三と五の律は　骨肉のしらべ　八を身魂《しんこん》に　六を声に

六は三三と　天地《あめつち》に二つ　歌は三八《さんぱち》に　三世《みよ》にとよむ

三十《みそじ》音律は　我身《わみ》が心拍に　五と三と二へと　しらべ散《あか》る

宙《そら》の　はて時の　いやは　ての星に　生き死　にのきはみ　永遠　にあ　ふる

志情《しなさち》ぬ歌に　肝心《ちむぐくる》ふるふ　喉笛に天《てぃん》ぬ　細工《せえく》あふれ

明け暗《ぐ》れにひかりのふるへ　いにしえの律掻き鳴らせ　故郷《しま》を寿《ことほ》ぎ

東方《あがるい》に潜みてあるもの　そのふるへ　燃ゆる歌声いよよかがよふ

去年《こぞ》見てし明けの鳳児《ほうじ》は東方の果てに孵りぬ　神歌《ているる》羽ぶかせ

朝羽《あさは》ふる鳳《とり》の　降り襲ふひかり　海原を沸かし　天を焦がす

水遊び羽ぶき　ひかり吹き散らす　鳳《とり》よきらやかに　雲子《くもこ》濡らせ

吹き上がる真潮《ましほ》を照らす御宣《みせせ》りに神歌《ているる》かがよふ　水天に舞ふ

（御宣《みせせ》り＝神の託宣）

朝風にし吹く　金波ぬ見欲《みぶ》しや　神歌神口《ているるているぐち》や　ふちやいくとうば

（ふちやいくとうば＝ひかりのことば）

燦々とているる飛び立つ朝明けに地天寿《じてんほ》ぎつつひかり羽ばたく

死生　海に滾る

生き死には満ち干に炎耀《かがや》く太陽《てぃだ》が花　まばゆきひかり水天に双つ

そらに七色のひかり湧く泉　いのちとくとくと海に滴《した》つ

天に生れ坐《あま》しし　霊威《しじ》や万水に　生き死にを満たし　海の底へ

深海にプランクトンの雨が降る　数多はらはら死屍の降り積む

暗き海淵に噴き出づるほのほ　屍《かばね》ぐつぐつと億年の煮えに

降りつもる屍《かばね》をゆする熱水に沸き立ついのちのしらべ鳴り坐《ま》す

億年の化学変化のしゆくしゆくといのちを寿ぐ産霊《むすひ》のみわざ

深海の磐《いはほ》の衝き合ひ水のゆれ　陸《あぎ》やふつふつと浅海に起《た》つ

見わたせば陸《あぎ》に絶へなき白波の声　黒潮に珊瑚を呼ばしむ

海淵より尽きなき湧噴　滋味深き水　浅海の珊瑚を養ふ

透明な風の　そらに曳く虹は　浅海が反射《かへ》す　天のみわざ

ひかり降りそそぐ　潮凪の干瀬に　文目なす水の　ゆらぎ砂に

海幸の骨と珊瑚は白砂に　水石粼粼《すいせきりんりん》　天地たひらか

Ⅲ

海辺《うなかみ》　ひとり思《も》ふ

水と風の歌

旱天に水気《すいき》を奪はれ牙を剥く真潮《ましほ》きらきらわが島を襲ふ

降りそそぐ真潮の結晶《ひかり》　さらさらと風にかがよひ砂糖黍《ううじ》を枯らす

万物をゆらし御風《みかぜ》よ吹きわたれ　ねつとり重たき海気を曳いて

北《にし》からの風にあらがへ龍神よ　海盆《トラフ》をえぐれ底突き破れ

荒れ狂ふ東シナ海　黒潮の蛇身うねくる龍神のやうに

吹き荒さぶ風に煽られしぶく海　波ざんざんと露礁を殺《そ》ぎ切る

巌穴《がんけつ》を穿つ風波　鳴りやまぬ久遠の遠吠え　響動《どよ》む海原

がやがやと荒磯《ありそ》に群がる海鳥のしきり鳴く声海気を引き裂く

岩頭に二羽アジサシのそぼ濡れて身を添はせをり逢瀬のやうに

海鳥が鳴き交ふそらの飛び跡に見えぬ摂理をいかで読み解く

鳥となりわが身を天に吸はせたし　思ひははるかな海に吐き棄て

海原をさすらふ風と潮鳴りにゆくへ問へなきさだめ待ちわぶ

南海のそらをさすらふ風の告げ　我身《わみ》に吹き来よ　甘世《あまゆ》寄せ来よ

アオサ摘む潟原《かたばる》はるかな引き潮に思ひ吹き交ふ風をいざなひ

ふり仰ぐおほぞら遠くに焦がれゆく　すつからかんの果てしなき夢

颪に哭く浜

ひたひたと嵩増す汽水にあわて舞ふ落ち葉は泡立つ入り江の渦に

マングロウブの落ち葉よ魚よ波が来る　逆巻く水におどれ寄り藻と

けふもまた襲ひ来る潮　オヒルギの幹凛々しくも波にあらがふ

上げ潮に掻き撫でられて砂浜は思ひを残せり　波紋けやかに

昔《んかし》此《く》ぬ島や　いくさ場んかいなやい　御万人《うまんちゅ》の骨《ふに》や　浜の砂に

海処《うみが》より荒ぶるひかり　ちりちりといのち焼かれて屍死や数多に

握りしむ礫《こいし》を数珠にし一心にぎゅつとわが手に　祈りを胸に

踏みしだく白砂《はくしや》にざくざく拍をとる　枯骨忘るな　歌にて偲ばむ

波際の水澄みやかに足裏に韻を踏む音　しらすなの歌

雲はれて風吹きわたり潮溜りの水きよらかに日差しさゆらぐ

アコヤガイの貝殻裏に白綾《しらあや》の肌のつやめき真珠のかがよひ

蝶身《はべるみ》を象《かたど》りし骨　蝶形のジュゴンの魂《まぶい》よ浦廻《うらみ》に遊べ

降り襲ふ霊威《しじ》や　我身《わみ》焦がすひかり　夕風や涼《しだ》さ　砂に寄《ゆ》してい

落ち潮にひかれて

満ち潮に咲いて朝明け太陽《ていだ》が花　なほかがやけり今は引き潮

しづやかに荒磯《ありそ》を洗ふ潮鳴りの刻《とき》　水霧《みなぎ》らふ夕映えをし吹き

黒潮の果たての波折《なお》り今ここにしらべかがよふ海鳴りを浴び

咲いわたる夕焼け空の花みやび　雲居のけしき　漏れ日まだらに

たそがれに西《いり》の余波《なごり》のしづやかに波音《なみと》きらきら金花たゆたふ

ゆるゆると一日《ひとひ》昏れゆく翳りゆく　此《く》ぬ世界《しけ》の色　今をかぎりに

消えかかる淡き雲透きそのせつな太陽《ていだ》きらやかに余照くれなひ

夕凪《ゆふどれ》に夜気じんわりと沁みいづる波音《なみと》さみしく余波《なごり》せつなく

水天の境にほんのり西あかり　遠のく思ひ　落ち潮にひかれて

落照の潮路の果ての仄あかり　祖霊が坐《いま》す根国《にいら》なるかも

暮れなづむたそがれどきの西空に兆し杳々《えうえう》思ひ沁みいづ

Ⅳ

幻視　海神《うんじやみ》の宴

臨月の海

見えわたる夜凪にはかに波折《なお》り寄る　ふいの涼風わが肌をさする

耳朶に風　目にはさやけき月の影　こころ騒立つ我身《わみ》や波間に

珊瑚礁の海にしんみり月あかり　こよなき夜をうたふ寄せ波

ゆらゆらと海面《うなも》にたゆたふ宵月に藻屑寄り添ふわが身ただよふ

雲を曳く風のあかるさ　水天の双つの海に月の花咲く

水天の双つの海に夜もすがら映えてうつろふ月の船かな

満月や遠音《とほね》騒立つ大潮に見よ海神《わたつみ》は礁縁《せうえん》を越えたぞ

満ち潮と雲居の月に浮かされて気色ばむ海　うしほ騒立《さわだ》つ

さ夜中に根国《にいら》をかほらす波しぶき　海の吐息にわが身とろめく

寄せ波にぶたれて哭くのか海蛍　ちやぷちやぷぶたれてきらきら鳴くか

星原になびく雲居に透かし見る七星の杓　紫微《しび》の方位に

大潮の夜に子《に》ぬ方星《ふあぶし》けやか　文月《ふづき》　精血の海はたぎつ

臨月に昂ぶる潮位　孕まれし生命《いのち》うごめく　海処《うみが》なまめく

月満ちて精気みなぎる珊瑚礁の花洛《からく》をにぎはすいのちの放卵

海幸は風の孕み子　海月《かいげつ》はいのち波間に胞衣《えな》ゆらすがに
朝明けの磯間の浦を朱に染む珊瑚の卵あまた打ち上ぐ

いのちにぎはふ

南来の果報ふり撒く真南風《まはえ》吹く　海面《うなも》に天日の寿詞《よごと》かがよふ

待ちかねし夏の兆しにスク生《あ》れて神影きらきらいのち照り映ゆ

（スク＝アイゴの稚魚）

大潮におとなふ海神《うんじやみ》たぎり立つ太陽羽《てぃだはに》の群れ礁池に充ち満つ
（太陽羽《てぃだはに》＝スクの美称）

ひかり差す礁池の藻場にぴちぴちといのち沸き立つ太陽羽《てぃだはに》の舞ひ

降りやまぬ日差し燦々　海底《うなそこ》の藻場に立ち群るひかりの混林

ゆらゆらとひらいてとぢて舞ふクラゲ　珊瑚の森に群れてゆらめく

悠々とプランクトンを丸呑みに　マンタの遊泳　大鳳《おほとり》のやうに

珊瑚礁のはなやぐ猟場を蟹がゆく　甲イカ色変　捕食まぎはに

甲イカの産卵　珊瑚を孵卵器に　生《あ》れて間もなき子イカ色変

海中《わたなか》に渦巻くイワシのサイクロン　色なす魚群《なむら》　大魚におそはる

アミの群れをねらふ黍魚子《スルル》に寄るイワシ　いのち順繰り大魚の胃の腑に

藻と珊瑚をブダイがむさぼるかりかりと糞はきらきら浜の真砂に

幾星霜　風と波とに磨砕され　珊瑚の殻は白砂《はくしゃ》の浜に

幾星霜　風と波とに磨砕され　戦災遺骨は浜の真砂に

幾星霜　風と波とに磨砕され　プラスチックは砂とみまがふ

紫外線に曝され海に散《あ》かれゆくプラスチックはしづかに漁場へ

海藻に吸ひつくマイクロプラスチック　卵形《らんけい》きらきら雑魚の腸胃《ちやうゐ》に

ゆらゆらと海にただよふビニールを亀は生き餌の海月《クラゲ》とみまがふ

ふりそそぐ日差しにほつこり　砂地より仔亀わらわら惨害の海へ

幻鯨譚

海中《わたなか》をくぐりゆく巨軀悠然と濃紺の影いづこへと向かふ

青波を掻き分けゆきゆくたゆみなく海霊《わたつみ》の凝《こご》り水《みな》くぐりゆく

水《みな》くぐる霊威鳴き交ふ　心地よき青き歌声　海に溶けゆく

忽然と総身を噴き上げ宙に舞ふ鯨魚《いさな》ざんぶと海原を砕く

夕映えのくじらの潮吹ききらやかに水霧《みなぎ》らふ海　金色《こんじき》の景色に

息絶えしくじらの巨軀の沈みゆくかばねはらはら血肉溶けゆく

海底《うなそこ》に横たはる死屍ずつしりと腐肉とろとろ転生を待つ

底深き海の黄泉路《よみじ》を掻いくぐる鯨骨かなたの冥界より出づ

海境《うなさか》の向かふの冥府によみがへるいのち鯨骨の魂振りの舞ひ

深海より巨影みるみるみる鮮やかにみなも蹴散らしいのち噴き出づ

海原を掻き裂くやうに噴き出づるＳＬＢＭ　わが幻鯨と

うららかな日和　米機の訓練日　海人《うみんちゆ》は漁場となりはひを奪はる

母くじら尾鰭で蹴散らせ子くじらと穢れし海の鉄の魚群《なむら》を

たをやかな海にそぐわぬ艦《ふね》を背に北へ旅立つ　くじら潮吹く

V

森羅　夢に酔ふ

天水の歌　山河に

そらに湧く雲に帯電　水生《みづあ》れてひらめく稲妻　はしやぐ夏雨《なついぐり》
ひかり吸ふやはらかき石　天水よ　降れきらきらと渇仰《かつごう》の島に

海霧は島のうるほひ　ただよへる水気《すいき》にじつとりわが身びつしより

天水は落ちて流れて谷川によれて岩間をすすり縫ふかな

惜しみなき天の潤《うるひ》をてのひらにゆらしうつとりくちびるに吸ふ

滝川の岩根を濡らす水あまし　吐息　喉笛　くちびるに歌

浸みるもの　幾重もうねくる水の音　岩にはじける天の歌声

どうどうと傾《なだ》れの水は落ち口にし吹いて飛泉に　滝壺の雨に

鳴りやまぬ激《たぎ》つ瀬の音　殷々とひびけ山野に　イタジヒの森に
イタジヒの森の瀬水の音さやか　そこはかとなく湧水の歌も
ちやぷちやぷと岩瀬せせらぐ　湧き水は淀瀬の砂と黙《もだ》し渦巻く

川風にみなも皺寄るそのせつな瀬音きらきら　こころ浮き立つ

水景色　水墨ふぜいに濃く淡く　樹林ゆらめく池面《いけも》を画布に

落葉《らくえふ》の堰《せき》を切らなくしなやかに躱《かは》す流水　みなもたをやぐ

水中に溶け入るやうに藻を喰らふリュウキュウアユは流水の化身か

たゆみなく靡く水草みなそこを撫でさするがにゆれおどるかな

林道の落ち葉の絨毯　腐植土に兵の朽ち肉　樹々に吸はるる

降りやまぬ樹雨だらだら腐植土にいのち溶けゆき深山《みやま》の糧に

しんしんと樹林にふる雨　水の精　死に身を溶かし森のいのちに

いくさ場の雨じんわりと濾過されて今沁みいづる魂《まぶい》　数多の

こんこんと地より湧き出す天の声　知るよしもなき渓間の奥に

小夜に蕩《とろ》く

星月夜　あはく夜霧を身にまとふ樹林の影絵　夜目にかそけし

小夜ふけて樹透きにさやけき月の光《かげ》　そぞろ歩きのわれとうつろへ

なにもなき樹透きに夜気のふるへあり葉擦れ音なくわが耳朶に触る

ねつとりと夏の夜ふけに吹く風の樹々を縫ふさま蛇身のやうに

咽び哭く風にわやんとたはむ宙《そら》　胸にきゆうんとこころ怯ます

せせらぎは沢辺の咽び　虫の音《ね》はやまぬ哀歌の弔意しめやか

ひと知れず森の奥処にしんみりと樹霊はけふも吐息を漏らす

花あかりかほる

かぐはしき聖紫花《セイシカ》の春　川沿ひの小径にほつこり漏れ日かほれり

人知れず春の深山《みやま》にひそやかに色みやさしきアマミエビネ咲く

掻き分ける薮にひそかにひとすぢのかほり際立つ　鉄砲百合の

ぽつぽつとまたたくように星形のツルモウリンカ林床《りんしやう》に咲き群る

白無垢の花咲き匂ふウケユリの花柄《はなえ》小首に　蕊《しべ》あかやかに

白すみれうつむき加減にいぢらしく花柄《はなえ》すつくり野辺に凛々しく

かほり立つ八重咲き白き三友花の萼《うてな》に若やぐ花ごころけやか

崑崙花の思ひははるかな霊山に　尾根の白雪苞《はう》にいただく

虎の尾の縞　色濃ゆし　鉢植えの間《あひ》より花のひそみ出でくる

春を吹く深紅の梯梧《デイゴ》　メジロ鳴く　花おほぞらに奮へ燃え立つ

タンポポはなにを追ふのかいづこへか焦がれ旅ゆく風にさそはれ

花の上《へ》に蝶　朝雨にそぼ濡れて翅あはせをり　祈るごとくに

夏風に憩ふ

おほゆれの樹冠はなやぐ昼下がり真南風《まはえ》きらきら照葉木《テリハボク》舞ふ

夏風にとろめく一寝《ひとい》　そよろ鳴く葉擦れさやけき樹の下蔭に

叢林の葉風に爽やぐ樹下《このもと》の涼気に蕩《とろ》めくわが身を樹霊に

幹を這ふ漏れ日ゆるゆる枝を這ふ　朝昼夕と林間を這ふ

やはらかき西《いり》の日差しに竹叢《たけむら》のそよぎかがよふ夕景色かな

きんきんきん森の爽気を切るやうにオオシマゼミの声くるほしき

陽だまりの泥にゆゑなく指先を　ぬめりにほつこり太陽《ていだ》のぬくみに

高天の青地にぽつんと雲ひとつ　ほうつと深空《みそら》に吐息ふくらか

いつかしら空の青地にぷかぷかと群れ飛ぶしゃぼんに御風《みかぜ》やさしく

Ⅵ

南海の島　往古憂心

南風《ぱいかじ》　行方凛然

海を分け波を掻きゆけ鈴鳴りよ　雲のかよひ路蹴散らす風と

（鈴鳴り＝琉球王朝期の進貢船）

波を越え覇気りんりんと唐旅に向かう鈴鳴り　水圏の涯へ

（死に旅＝往時の危険な唐旅）

突き進む船の行方に海原の波音《なみと》さざめき飛沫きらめく

陽を浴びて船路《ふなじ》まばゆき白銀《しろがね》の海に吹き交ふ真南風《まはえ》すがやか

風に添ふ波音《なみと》のお喋りぴちゃぴちゃと止まぬ船縁《ふなべり》　こよなき旅路

見はるかす波果ての空　高天に雲　凛然と勇み迫り立つ

歌舞　神魂に願ふ

御装《みそ》の衣擦れに　幸御魂《さきみたま》やどれ　舞ひを押《う》し上ぎら　御袖《みそで》ふるひ

神羽《かんばに》を扇ぎ　舞ふは綾蝶《あやはべる》　願ひ御崇《うたか》びに　霊威《しじ》をふるふ

神女《ぬる》が舞ふ御装《みそ》に　降神のやどる　心斎《いっ》かせて　歌舞《かぶ》を貢ぐ

願ひ奉る　神女の御崇《うたか》びに　天は御託宣《みせせり》を　舞ひに応《いら》ふ

織る舞ひ手　生有《しやうう》の生地《そら》に袖をふる　赤青白黒　此《く》ぬ世界《しけ》の柄

遊《あし》び庭《なあ》にてかひな幾ふり運ぶ足　手を差し向けて小首たをやぐ

鉢巻と扇の祓ひ歩のそろひ　御庭《うなあ》に舞ひ跡　寿《ほか》ひのフィギュア

凛々しげに地を踏む舞ひ手の神懸かり神楽に身をふり霊威《しじ》差し招く

芭蕉糸《ばしゃいと》のつむぎの生地に鉄分《くろがね》の霊威《しじ》沁み出づる鈍《にび》のかがよひ

後髪に霊験ひらひら七蝶《ななはべら》　神と人とのかよひの象徴《しるし》に

七色の蝶《はべら》は祈りの髪飾り　神女に憑き添ふ霊《たま》曳くやうに

海風としぶきを浴びて祈り舞ふ　うつそ身の歌　祖霊《みおや》を迎ふ

御嶽《うたき》　天来の庭

久高島むかひ　チヨウノハナ拝《うが》ま　聖域《いび》に差し満ちる　ひかり浴びて

聞得大君《ちふぃじん》が胸の　勾玉に集む　願ひずつしりと　天をあふぐ

あふぎ見る天の　しずく神木に　三庫理《さんぐうい》の聖域に　神歌《ているる》羽振《はぶ》く

願《ねが》ひ差し向けて　伏し拝む聖域に　葉風さんざめく　御告げ託し

手を合はせ　三十三拝ひれ伏して　祈る御嶽に　霊威《しじ》みなぎらふ

差しあふぐ御日月星《うてぃだちちふし》　こひねがふ五穀豊穣　産霊《むすひ》の神に

巴なすいのち　とぐろ巻く蛇の　霊威《しじ》や灼然《いやちこ》に　噎せて願ふ

下《しちゃ》からぬ崇《たか》び　上辺《うゎび》んかい降《う》りてい　天《てぃん》ぬ託宣《みせせり》や　下《しちゃ》んかい昇《ぬぶ》てい

蒲葵《クバ》の葉をつたふ　しづく埋蔵の　勾玉を濡らし　胎児《いのち》やどす

慨然　首里城《すいぐすく》

首里城　石積みゆるくなよびかに首里杜《すいむい》に舞ふ龍神のやうに

首里杜に火の粉きらきら幾度《いくたび》となく龍潭のみなもに映らう

是非もなき服属外夷の江戸参府　路次楽《るじがく》の旅　慶賀の礼に
（路次楽＝慶賀や謝恩に向かう道中楽の一種）

鳴りわたる三絃・胡弓　御座楽《うざがく》は明清《みんしん》のしらべ　即位の謝恩に
（御座楽＝同右のための室内楽の一種）

津梁の鐘かんかんと鳴りわたれ　唇歯の契りを裂かれしあとも
（津梁＝架け橋。万国津梁に因む）

蟻の巣のやうな地下壕司令部に兵と弾薬　御聖杜《うむい》を砦に

軍星《いくさぼし》　御聖杜を無下にし冴えかへる皇軍の牙　浮かぶ砲身

天《てぃん》ぬ剣先《ちんさち》や　軍星あていどう　子《に》ぬ方星《ふあぶし》やあらぬ　島どう目当《みあ》てい

首里城を島もろともに「捨て石」に　軍司令部と艦砲の標的《まと》に

南方より黄泉《よも》つ軍《いくさ》の砲弾の雨ざんざんと城《ぐすく》を打ち据う

首里城　瓦礫と化すも龍神は令和の災禍に又よみがへり

Ⅶ　深怨　残骸の海

憤怒　水天に溢る

南西の空をつんざく雷鳴に雲ひび割れて漏れ日あかやか

遠来の波にせはしき轟《とどろ》あり　憤怒群来　うねる焱《ほのほ》と

はるばると煮え立つ海に燃ゆる風　天より漣々滂沱のなみだ

勝ち目なき零戦出撃　大雨《スコール》は玻璃の風防《キャノピイ》にしとど降り頻く

迎へ撃つそらの雲霞の向かふより燃ゆるはがねの雨あられ降る

グラマンに追はれて機首を海面へ　いや増す風圧　機体耐ええず

容赦なき一斉砲火の眼下より　吹かぬ神風　飛び散る特攻

おほぞらに爆鳴ひらめく点々と黒煙曳きつつ墜つ…いのち…いのち

惨酷　閃光幾千

海処《うみが》より閃光幾千　御万人《うまんちゅ》は皇軍もろとも艦砲の餌食に

水天に逆巻く爆風　容赦なく荒ぶるひかり　憤怒牙剥く

噴き上がる珊瑚の砂礫　島人《しまんちゅ》の白き骨灰さんざんに降る

いっせいに火を噴く沖合　洞穴墓《がまばか》は波を蹴散らす熱波に爆ぜ散る

翠玉の海に身を投ぐ　紅玉のしぶき崖下に　怨嗟を波音《なみと》に

幾重にも青にし色ふ海原に怨嗟ふつふつなほ煮え滾る

夜の鳥ががと啼くなり火を吹けり万人《まんちゆ》巻き添ひ焦げて燃え尽く

だばだばと爆音とどろく掃討の火の雨がふるヤンバルの森

わくら葉は劫火に怯ゆ　爆鳴に塵土ぶるぶる小刻みにふるふ

みしみしと地を圧《お》す戦車　泣く稚児を兵が手に掛く探知を恐れて

アダン樹の陰に五月蝿《さばえ》の姦《かしま》しき　島人《しまんちゅ》の死屍　ゆき迷ふ霊と

焼け焦げて実ることなき砂糖黍　畑《はる》に人なくそよぐ風なく

心喪　遺骨掘りの歌

掻き分ける藪に遺骨のぽつねんと声なく語る過ぎし惨禍を

名を彫りし万年筆のみひっそりと持主《ぬし》の遺骨はいづこの土に

赤錆びた兜に甲斐なき五芒星　この陸兵の骨は日の目に
（五芒星は旧陸軍の紀章）

洞穴《ガマ》を掘る手に印鑑の土中より晴れて名を宣る朱肉あからに

時告げぬ針なき顔のひび割れて懐中時計に古りし歳月

ひび割れたメガネの亀裂に透かし見る島人《しまんちゅ》の死地　戦塵の舞ふ

なにゆゑに逝きしか骨の数知れず漂ふやうな霊のけはひと

岩肌に癒着飯盒　炭化米　その焦げ跡に読み取れしこと

洞穴《がま》なかの焦げ痕に思《も》ふ信管を抜く車座の家族の死に際

時を超え断末魔の声「助けて」と今際の叫びをてのひらの遺骨《ほね》に

Ⅷ　戦後復興狂騒歌

序歌　ぬちぬぐすうじ

収容所のいづこかとうんとうんてんてんと空缶三線《かんからさんしん》寝しなに耳に

廃材と軍用食のかんからを竿と胴巻《ちいが》に　魂《まぶい》を弦に

ＰＷの悲心をふるはす弾き語り　慰霊を胸に　かんから胴巻に
（ＰＷ＝戦争捕虜）

囚はれてかんから三線にながらへし三線楽の魂《まぶい》　戦後へ

三線の音色さやけし　竹駒の支えは胴巻の蛇皮をふるはす

調弦《ちんだみ》に爪弾く糸との共鳴りに蛇皮の鱗のふるへきらめく

じやかじやかじやん三線鳴らして舞天《ブーテン》の「ぬちぬぐすうじ」焦土を癒やす
（舞天＝終戦直後の伝説のコメディアン
ぬちぬぐすうじ＝いのちの御祝事」）

譚歌　暮らしとなりはひ

復興の先遣隊にとＰＷの壺屋の陶工　晴れて窯場に

皇軍の令下に碍子《がいし》　戦争《いくさ》明け　陶工のなりはひ鍋・釜・茶碗に
（碍子＝電柱に固定する陶磁器製の漏電防止器具）

汗だくの獅子《しいさぁ》づくりと壺づくり陶工の光頭いよよつやめく

土《んちゃあ》や見いなり手いなり獅子ぬ表情《ちら》んかい出《い》んじやさ肝《ちむ》ん技《わざ》ん

たゆみなくまわれ轆轤《ろくろ》よ　窯入れの陶器に願ひを　黄金世《くがにゆ》来よと

不発弾をスクラップにして食い扶持に　解体あやまり爆死　戦後に

いくさ世《ゆ》の墜落機体のジュラルミン　鋳型に流して羽釜と薬缶に

壕跡の「天ぷら坂」には人だかり　芋をからつとモービルオイルで

ジュラルミン鍋に黒煙もくもくと揚がる天ぷら久しき馳走に

メリケン粉を片腹重《かたはらうぶう》と油揚《あんだあぎい》に　空き腹をくだす　モービルオイルに

（かたはらうぶう＝祝儀に揚げる具なしの天ぷら）

豚を積む上陸舟艇　荒海におびえ鳴く声　耳をつんざく

船積みの山羊の咀嚼の小止みなく横長の瞳《め》は四方《よも》に隙なく

売り声ともやしの築山そこここに競ひ合ふがに市場《まちぐあ》の露地に

蒸し暑き市場に日除けの影が舞ふ　とろめく夢見　うたた寝の午後

忽然とにはか闇市　道端におばあの投げ売り　買ふ人だかり

基地流れの毛布で仕立てし子供服　カーキの色合ひ毳《けば》ちくちくと

子を連れて夜の市場を売り歩く女あてなく家路につけず

盲目の物乞ひ三者はこもごもに　三線と歌　声そろはなく

バラックのオフィスに老いぼれ不動産　なにをしあぐねり頬杖をつき

言ひ交はすきらめく思ひを薬指に輪切りの薬莢　縁《ゑにし》の誓ひに

雨あがり空爆跡には水溜まり　街のかしこに　バラックの庭に

バラックの軒下うがつ雨垂れに　心拍子《こころびやうし》の歌口ずさむ

酒を手に酔ひどれ無頼《あぶれ》の千鳥足　鼻歌まじりの吐瀉と路上寝

酔漢の呂律まはらぬ草芝居　旅の役者の台詞をそらんじ

しんみりと天のなみだに濡れる街　水溜まりにはネオンぽつんと

謡歌　昔《んかし》　弗銭様《ドルじんがなし》の天《アメ》が下

「捨て石」をお好きなやうにと彼の国は主権と引き換へ桑港《さうかう》の土産に

ＯＫＩＮＡＷＡを尻目に施政を回復し自由に浮かれし祖国遠のく

ＲＹＵＫＹＵは弗銭様の戦利品　御万人《うまんちゅ》島ごと安保の抵当《かた》に

星条旗　一ドル＝三百六十円　弗銭様の御紋はためく

ドル札で家族の外食Ａランチ　壁のメニューに「円」の文字なく

立ち読みのマンガ一冊一セント　三冊一気に店主見ぬ間に

十セントの白銅貨《ダイム》のかがやき艶出しを友と競いてガソリンに酔ふ

道端の風にふるえる一ドル札のふかき誘惑　軍警《エムピー》の足下の

巡回の軍警《エムピー》ジープに忍び寄り　友とこそぎし車軸のグリス

ジープよりくすねしグリスをガジュマルの樹液とクチャとで鳥黐《とりもち》に変ふ
（クチャ＝洗髪用泥粉）

校庭に薬莢ざくざく掘り当ててやんちゃ盛りの子らはおもちゃに

引き揚げてみればかなしやふるさとは金網《フェンス》の向かふの滑走路の下

VOA　象の檻から福音を　反共サンタのXマスソングと
（VOA＝米政府運営放送）
（象の檻＝ケージ型通信施設／かつての反基地の象徴）

沖縄《ふるさと》の飢え癒やさむと移民地《ハワイ》よりチェスターホワイト　五百余頭の
（米ペンシルバニア州チェスターの原種白豚）

基地流れのバターの缶詰　七面鳥《ターキー》のＢＢＱ味　聖者のマーチ

薔薇の絵と黄色地うれしき米袋　加州ローズは親米の味
（加州ローズ＝カルフォルニア産の米の銘柄）

ゆくゆくはパンとチーズの給食で餌付けて島を第二のハワイに

スパム缶の脂身とろりと島の子をたらして離日に　米国籍にと

アメリカの苦世《にがゆ》をくらましカラフルに m&m's の甘い誘惑
（m&m's ＝米チョコレートの商標）

雑貨屋の安値の品に群れたかる主婦のゆんたく　Coca Cola の看板
（ゆんたく＝おしゃべり）

姦《かしま》しき連呼車列のぞろぞろと　Pepsi Cola の御成《おな》〜り御成〜り

ヤマト世《ゆ》に弗銭様を円建てに　両替に泣く　なけなしの貯金《かね》

ヤマト世になれど変動相場制　ニクソン・ショックに復帰悲しも

今もなほ弗銭様《ドルじんがなし》の天《アメ》が下　わがもの顔に米機飛び交ふ

哀歌　うれはしの琉球

学び舎の墜落ヘリの焦げ跡に戦時を憂ふ　基地の街　今

訓練機　集落《しま》を眼下に空をゆく　意気揚々と戦車を吊り下げ

訓練機　空をゆく影　いくさ鳥　部品を落下糞《ぽたぽた》ひるやうに
市街地を眼下に轟轟《がうがう》オスプレイの上空旋回　住民監視に
ぱらぱらと基地に銃声　石塀を穿つ流弾　民家に弾痕

「軍用地買います」そこらの不動産　旅の見ものぞ　観光の島の

返還の見込み無きまま基地内の土地を売り買ふ軍用地ブルース

「不発弾便り」はたまには憂いなく封鎖の沙汰なく暮れて然《さ》もなく

なにゆゑに干瀬を旋回するヘリの風に千鳥《ちじゆい》の慌てふためく

海底のオスプレイの残骸に雲丹・蟹群れてちやつかり棲まひに

なにさまの普天間・辺野古の冷やかしか　反基地ちやかしの立て看いじりに

靖国に英霊詣でか大臣殿　みたまと遺骨は新基地の土砂にぞ

軍蜘蛛《いくさぐも》　異図の紊《みだれ》に文《ふみ》の糸　新巣《にひす》にて戒むふみまよふなと

新基地のゲート前にてカチャーシー歌ひ舞《もう》らな三線鳴らして

高らかに鳴らせ三線したたかに笑ひ飛ばさむ米和の苦世《にがゆ》を

絶ゆるなき戦争《いくさ》　せめては御万人《うまんちゅ》の今このときは平和《まどか》なれかし

Ⅸ 時の遠逝《えんせい》

ゆれまどふひかり

ゆれまどふひかり　そよろ鳴く風に　みなもきらきらと波音《なみと》映やす
われは　ゆれまどふひかり　しらすなの文目《あやめ》きはやかにみたまゆらす

みなそこの文目　ゆれまどふひかり　みたましらすなに吸はれたまふ

吹きまさる夕べ　風に　ゆれまどふひかり　みなぎらふ沖に祈る

海は金泥の染地　絵柄には　ゆれまどふひかり　絢《あや》に色ふ

ご位牌に捧ぐ潮泡《しほなわ》を汲まむ　夕に　ゆれまどふひかり　汲まむ

なほひとり　廃家に

幾夜明け　なほ断捨離を遣り切れず　ひとり廃家のがらんどうの居間に
切りもなくあれもこれもと思ひ出の品を捨てかねゆれまどふかな

戻らざる日々への思《おも》ひに堪へかねて濡れて覚えず雨の音　外

触れもなく扇風機の羽ふとまはる　風ひゅるひゅると雨の捨て場に

ワイパーの雨ぬぐふ音とくとくと胸の鼓動は断捨離への悔ひに

グァバの樹の末枯《すが》れし庭にかほり立つ実は鈴なりに　廃家間際に

反りかへる朽ち葉にほんのり色みあり　セピアの記憶　息づくやうに

胸底に募る思ひは音なくも我が家みしみし音鳴《ねな》き朽ちゆく

宵すずみ　盆のにぎはひ夏衣《なつごろも》　歌三線と太鼓と舞ひと

どろどろと打鼓《だこ》の天律　勇む足　えいさあさあと道じゅねえ何処へ

（道じゅねえ＝先祖供養に通りを練り歩く旧盆行事）

御送《うぅく》いの宵に香煙のくゆり立つ　ただしづやかに　なほしめやかに

寂しさにこころひりひり遣る瀬なく帰る家なく待つ親もなく

夕焼けを背に舞ふ蜻蛉のシルエット　飛び跡　それは謎掛くやうに

吹き抜ける風はぴいひやらおかぐらに樹透きも歌へ葉むらの舞ひと

この廃家《いえ》をやしろに祈らむ　夕映えのひかり神さぶ　風樹哭き哭く

夕光《ゆうかげ》を浴びて燃え立つおやしろに神きらやかに天降《あも》りたまへり

あとがき

あとがき

この歌集は前作『古今琉球風物歌集』の続編である。『綾蝶《あやはべる》』（二〇〇三年三月）で琉歌の音数律を和語でなぞって以来、詩歌創作に臨んでは音数を意識してしらべを整えるようになった。今回は少し気を衒《てら》って音数そのものも題材にしてみた。表題作「神歌《ているる》　水天に舞ふ」が、それ。前作「あとがき」でも言及したが、八八八六の偶数音律を採ると言われる琉歌は、実際には、八を三と五ないし五と三に、六を三と三の奇数に切り分けないと、しらべが整わないと感じる。わたしの場合、短歌の五七五七七で詠っていても、ふいに琉歌に切り替わることがあるので、短歌集のつもりでも琉歌もどきの歌を混在させてしまうのだが、異なるしらべの歌を思わず知らず同じ奇数律として連ねてしまうからだろうか。

短歌のしらべは、国民として国語教育を受け、教科書で詩歌や小説・随筆を読み、進学と就職のために読み書きを修め、マスメディアを通じてシャワーのように浴びて身についた、わたしにとって常用語である日本語に由来するもの。一方、幼い頃に那覇の街なかや市場でふつうに飛び交っていたことば、母の故郷久米島で祖父母やおじやおば、いとこたちが交わしていたことば、ラジオやテレビを介して親しんだ民謡や戦後歌謡、沖縄《ウチナー》芝居で耳に馴染んだことば、つまりは文字テクストを介さずに身にじかに感取されたことばは、あたかも代謝や血流と同期するように、故郷の風土と共感するように、知らぬ間にわが音感の母体となっているのだろうか。故郷を離れて半世紀近くになるが、今になってそれを実感するのである。

この歌集の題材と主題は、琉球弧の自然や習俗、聞き齧りの王朝史の幻想、経験したわけではない戦中と戦争直後のできごと、そして物心ついてからわたしの目に焼きついた自然と巷間の風物の数々である。わたしが生を受けたのは、一九五二年サンフランシスコ条約発効（四月二十八日）の翌年。日本は施政権を回復し（「独立の日」なのだそうだ）、琉球諸島を含む南西諸島は「安保」の抵当《かた》——戦利品？　それとも献上品？——に異民族の施政権下に置かれた。沖縄にとっては「屈辱の日」。三権を奪われ、軍事ファースト——なので復興は二の次——の米軍の統治を受けることになった。戦後日本の目覚ましい発展とは裏腹に停滞を余儀なくされたが、米軍による全島基地化と見まがう軍用インフラ整備の余得も足しにしながら、実際に復興を押し進めたのは島人《しまんちゅ》なのであって、異人領主——高等弁務官という絶対権力者——に養われていたのではない。

戦争の痕跡は小学校に上がる頃も、那覇の街の所々にあった。焦げた煉瓦の建物がいつまでも残っていた。戦中の避難壕の跡は洞窟探検のための恰好の遊び場だった。学校近くに砲弾池がありオタマジャクシがうじゃうじゃいた。校庭でも近所の原っぱでも、遊んでいる最中に薬莢（たまに実弾）がふつうに見つかった。幸いに不発弾を掘り当てることはなかったが、沖縄では今でも年間約六〇〇件の不発弾の探知と処理がある（沖縄県公式ホームページ、二〇二四年一月十一日付）。敗戦から八十年近く経つのに今なお遺骨が数多く見つかる。遺族の悲哀と遺恨は消えない。戦争になれば必ずそうなる。

戦後すぐの頃は闇市だった近所の市場では、露地商いの女たちの、魚、野菜、肉、雑貨を売る声がけたたましく、荷を担ぐ男たちは逞しく忙しなく動きまわり、買い物客が右に左に安値の品を求めてごった返していた。ドル紙幣・セント硬貨が流通を支配し、日本本土・米国からの日用雑貨があふれ、子どもたちは米国産の飲料や缶詰や菓子に親しんだ。戦争の傷跡だらけの島の復興期の有様も、軍用車両や基地や米兵も、惨劇の果てに現われた新たな現実、それが太古から変わらぬ自然とまぜこぜになって、そのすべてが物心ついた頃の子どもにとっては良いも悪いもない日常の風物としてあったのだ。

そんな「アメリカ世《ゆ》」に思春期を迎えたあたりからバスやヒッチハイクで遠出したが、どこに行っても海が近くに見つかる温暖な島。浜辺や断崖に立ち、大海原を見はるかし、風を受け、砂浜を歩き、波音を聴き、寄せ波に素足を洗わせた。気が向けば防風林《モクマオウ》のある浜で野宿をした。近隣の森をそぞろ歩いては蝉が密集する樹木に狂喜し、女郎蜘蛛が延々と巣を張る森のトンネルを通り抜けた。大樹の樹肌にてのひらをあてて心なごみ、風に光る樹冠と葉漏れ日にほっこり、亜熱帯の花々の香りにうっとり、いいなあっと、ぼんやりしていると、かんかん日照りに身をあぶられていて、あわてて涼風が抜ける樹蔭に避難した。

　平和に暮らせている（ように見える）この頃は、生まれ育ったあたりを散策したり、あるいは海や山や森をうろつくたびに、少し覚えた知識のせいで不意に経験したはずのない戦場の幻景が浮かぶ。海に軍艦・上陸舟艇、空に戦闘機・爆撃機、陸に戦車・軍用車両。艦砲射撃で砕け散る家屋や建物、日本兵と米兵、逃げ惑う島人、累々たる惨死体（小さな島、ほんの三ヶ月弱で二十万以上もの死者——半数以上が県民——が出た）。暗澹たる気持ちになりながら、これらが心に浮かぶ。きな臭い国際ニュースが多くなったからか、異国の戦場の惨害を知るにつけ、わが故郷《しま》の戦中戦後に思いを重ねてしまうのだ。

そして亡き父への思いも深まる。父は北海道積丹半島の海辺の町、古平の生まれ。北の大都会だった小樽市で職人修行しながら青春を謳歌していた。戦争が勃発し、第七師団のあった旭川へと否応なく教育招集、時を置かず是非もなく拉致同然に満州の東安へ臨時招集された。極寒の地で対ソ戦に備えていたら、急きょ沖縄への動員下令があり、そのまま対米戦の地獄へと送られた。敗戦後は米軍による占領下、敵兵がのさばり、言語と文化が違う、島民にとっても世相が激変した異郷の地で、戦友も親族もいない絶対孤独の状況下で生き抜き、母と出会い結婚し、母の親族に支えられ、わたしをこの世に迎えて育ててくれた父。それを思うと心がふるえる。

繰り返すようだが、この歌集のテーマは、宇宙・自然への讃美と畏怖、半端な知識にもとづく民俗と王朝への雑感、沖縄戦と今なお深刻な基地被害への慨然、遠い記憶をたぐるように引き出した那覇での暮らしへの懐旧、死者への哀悼、家族への愛惜を詠ったものである。これらの歌は、欲がなく腕のよい職人だった父の工《たくみ》をなぞるように言語工作的に――音数律遊びをするように――淡々と進んだ。作品の数はすぐに揃ったが、これは歌かと自問自答を繰り返し、詩の形に変えたり歌に戻したり、語句を解体したり組み合わせ術的にいじったり、腑に落ちるまで一年半以上遊んだ。結局、歌集にまとまったが、望むらくは父の仕事のように誠実な仕上がりになっていればと願っている。

このたびも七月堂（代表・後藤聖子）のお世話になった。多くの人たちの助けがないと所願成就のないことを、新作上梓のたびに知る。長い付き合いになった知念明子さんにはいつも真摯にわが作品に向き合っていただき感謝の言葉もない。装幀は今回は松浦豪氏によるものである。前作『古今琉球風物歌集』の青い海と空が気に入ったので、それを補完するように暖色を基調にデザインをと、撮り貯めた写真を幾つか七月堂に託して後はお任せした。そしたら「天」に輝き「水」に映える太陽《てぃだ》の風景を選んでくださった（残りの写真は目次頁で嬉しい透かし絵に！）。古代琉球では昼の色も朝夕の色も「オー（アオ）」で総称される水天の色。かくして二つの「アオ」の歌集がそろった。弧を描くように連なる琉球諸島は、はるかな昔から広大な水圏（東シナ海・太平洋）と大空を舞台に朝に蘇り夕に逝く太陽《てぃだ》の舞い跡だ。神歌《ているる》よ、永遠に舞えと願う。

二〇二四年七月　　湊禎佳

湊 禎佳（そうていか）

一九五三年沖縄県生まれ。『綾蝶』『青い夢の、祈り』『どこだかわからない、ここ』『古今琉球風物歌集』（以上、七月堂）。本名の浜口稔で著書『言語機械の普遍幻想』（ひつじ書房）、『言葉とメディアの博物誌（仮）』（明石書店、近刊）。訳書にオラフ・ステープルドン『スターメイカー』『最後にして最初の人類』（以上、ちくま文庫）、J・ノウルソン『英仏普遍言語計画』（工作舎）、H・ジェニングス『パンディモニアム』（パピルス）、M・H・ニコルソン『ピープスの日記と新科学』（白水社）、P・ルンダ『大図鑑 コードの秘密』（明石書店）、他多数。

神歌《ているる》　水天に舞ふ――続・古今琉球風物歌集

二〇二四年九月二〇日　発行

著　者　湊《そう》　禎佳《ていか》

発行者　後藤　聖子
発行所　七　月　堂
〒一五六―〇〇四三　東京都世田谷区松原二―二六―六
電話　〇三―三三二五―五七一七
FAX　〇三―三三二五―五七三一
印刷製本　渋谷文泉閣

©2024 Teika Sou
Printed in Japan
ISBN 978-4-87944-568-1　C0092
乱丁本・落丁本はお取り替えいたします。